CUENTOS DE CAMINO

ExLibric

VÍCTOR PEÑA IDROBO

CUENTOS DE CAMINO

EXLIBRIC
ANTEQUERA 2021

CUENTOS DE CAMINO
© Víctor Marvin Peña Idrobo
Diseño de portada: Dpto. de Diseño Gráfico Exlibric

1ª edición

© ExLibric, 2021.

Editado por: ExLibric
c/ Cueva de Viera, 2, Local 3
Centro Negocios CADI
29200 Antequera (Málaga)
Teléfono: 952 70 60 04
Fax: 952 84 55 03
Correo electrónico: exlibric@exlibric.com
Internet: www.exlibric.com

ISBN: 978-84-18912-38-2
Depósito Legal: MA 1210-2021

Impresión: PODiPrint
Impreso en Andalucía – España

Nota de la editorial: ExLibric pertenece a Innovación y Cualificación S. L.

VÍCTOR PEÑA IDROBO

CUENTOS DE CAMINO

Índice

A Maritza, que una vez me regaló «El sastrecillo valiente».

Orbis rapidus mutat et vita brevis fabula est.

RELIGIÓN/POLÍTICA
/(IR)REALIDAD

Génesis

Al principio era el caos…[1]

Adán se encontraba tirado en el césped contemplando las nubes del Paraíso cuando Eva se paró frente a su casa y lo sacó de su abstracción:

—En el manzano hay una serpiente que habla —dijo.

Adán suspiró profundamente y se puso en pie.

—Vamos —respondió.

Se pararon frente al manzano.

—Allí arriba —señaló Eva—. ¿La ves, Adán?

En efecto, había una serpiente en el árbol, pero esta no hablaba, solo siseaba, y al pasar entre las ramas dejaba caer algunos frutos al suelo. Adán miró a Eva con asombro.

—Vámonos de aquí, Adán. Es aburrido —le dijo Eva rápidamente.

—Pero esto es el Paraíso, Eva. Del otro lado solo hay dolor y sufrimiento. Aquí somos felices…

—¿Cómo podemos llamarnos felices si solo conocemos el Paraíso? No sabemos qué hay más allá.

Adán agachó la cabeza.

—¿Estás segura? —preguntó por última vez.

—Llenémonos de barro —le respondió Eva tajantemente.

Ambos cerraron los ojos y dieron un mordisco a la fruta.

---

[1] *Teogonía*, cosmogonía de Hesíodo.

Eva esperaba la llegada del Dios creador del que tanto le había oído hablar a Adán y el que, según él, les había prohibido rotundamente comer del manzano. Pero, para su sorpresa, lo que encontró fue un terrible dolor de estómago que le hizo ver de manera borrosa la manzana, a Adán y a la serpiente. Al abrir los ojos, vio de manera distinta el Paraíso. Este no era tan paraíso después de todo, era tan solo unas cuantas hectáreas encerradas por un valle de nubes con truenos. Y se dio cuenta de que no era más que un jardín; que no había crías de animales porque estos no consumían el acto del amor; que el mar que veía antes no era más que un charquito donde apenas entraban algunos pocos peces; que en realidad no había frutos como la parchita, el mamón, la guanábana y el tamarindo; que el cielo nunca se ponía gris, que no llovía; que no había juventud ni vejez; que no era un paraíso, sino el jardín del Señor y que…

¡Oh, qué vergüenza! Andaban desnudos como si fueran dos animales más en la creación de Dios. Se miraron por un largo rato sin decir nada. Adán botó su primera lágrima. Esta cayó al suelo, penetró la tierra y fue en busca de su creador, que estaba en sus aposentos, como de costumbre, jugando ensimismado con sus pensamientos.

El Paraíso sufrió una metamorfosis. Los árboles fueron los primeros en sentir el cambio; arrancados de raíz, arrebatados hacia el aire, se abalanzaban hacia Adán y Eva. En su trayecto iban chocando unos con otros y soltaban chispas al frotar sus troncos, su madera, sus hojas. Aquellas casas abandonadas por los pájaros se iban desintegrando en el camino y con cada distancia acortada hacia ellos, su figura iba disminuyendo de manera violenta, pero nada detenía su itinerario. Llegaban a los cuerpos de Adán y Eva de manera tan diminuta que se adherían a su piel, sintiendo estos apenas un cosquilleo. El cielo se llenó de un olor a madera, olor a sándalo, cereza, oliva, uva y tierra.

Los animales revoloteaban también por los aires: mamíferos, reptiles, aves, anfibios, vertebrados e invertebrados, todos disparados cual bala de cañón hacia aquellos dos inmensos vértices de atracción. Cuando ya no quedaba animal vivo en el Edén que no hubiese optado por su nueva forma, le siguió el agua. Esta subió a los cielos y se arrojó con una fuerza inmensa hacia ellos, pero sus cuerpos emanaban tanto calor y estaban tan cargados que el agua se evaporaba en el aire y apenas alguna molécula de gota pudo entrar en ellos, y al entrar, Eva inhaló profundamente.

Salieron a su encuentro también aquellas virtudes que eran seres sin forma en el Paraíso, pero que de vez en cuando hablaban con Adán acostados en el césped. La señora Paz chocó de manera fuerte con él, y Justicia contra Eva. Tiempo, Paciencia, Esperanza, Placer..., todas aquellas virtudes que vivían separadas se unían para formar uno. Incluso el ser solitario que caminaba siempre por la parte sur del Paraíso, a quien Adán nombró como Amor, no pudo resistirse a la belleza de aquella singular brillantez y fue el único ser en el Paraíso que se aventuró hacia ellos de manera voluntaria.

La luz tampoco pudo resistirse y comenzó a contraerse cada vez más y más para abalanzarse contra sus cuerpos. Poco a poco fue desapareciendo la luz del Paraíso, dejando solo brillar a Adán y a Eva, que, para ese momento, ya no eran cuerpos con formas, eran dos bolitas de fuego tan pequeñas y tan cargadas que se quedaron flotando en la oscuridad, atrayéndose la una a la otra, tratando de acercarse lo más que podían, buscando su otra mitad para hacerse una. Allí, en medio de la nada, en el vacío, hicieron el amor por primera vez Adán y Eva. Chocaron el uno con el otro. Su singularidad fue tan inmensa que estalló la nada y se esparció una ráfaga de luz por toda aquella oscuridad. Gamas de colores surgieron y el amor de aquellos dos puntos se fue extendiendo en medio del vacío.

En ese preciso momento, aquella lágrima llegó hasta el ser de Dios y este despertó súbitamente de aquel fulminante sueño, sudoroso, intranquilo. Trató de respirar profundamente y cerrar los ojos para calmarse en la oscuridad, pero sintió una fuerte nalgada en su ser y rompió en llanto.

Nacimiento

A Mérida, que me vio crecer.
A Jorge, que me vio caminar sus calles.

Era una tarde calurosa en Mérida. Tomás estaba enamorado de su ciudad, la más linda del país, sin duda alguna. Sus calles estrechas, sus plazas, su gente y sus vendedores ambulantes, portadores de cigarrillos individuales, hacían de la ciudad una orquesta viva.

—Un Belmont, por favor —pidió Tomás.

—Son cincuenta bolos —le respondieron.

Tomás suspiró, sacó del bolsillo dos billetes de veinte y uno de diez. «Esta vaina no puede durar mucho así», pensó mientras se llevaba a los labios su cigarrillo. Estaba en uno de esos días ociosos que muchos albergan en los corazones estudiantiles de los jóvenes merideños. Se enfrentaba a la gran dicotomía de si ir a tomarse una cerveza en por La Viuda Negra o a Las Cibeles, aun sabiendo que ninguno de los dos sitios era de aquellos bares que él acostumbraba a frecuentar con su pana García. Las Cibeles le pertenecía ahora al cuñado de un alcalde y estaba lleno de chavistas que seguían promulgando la filosofía de patria o muerte; sin embargo, era el bar favorito de Tomás y era, más que un bar, una escuela abierta. Allí se juntaban poetas, filósofos, académicos, físicos, borrachos, jóvenes, viejos, gringos…, todos queriendo tomar cerveza y encontrar una buena charla que los entretuviese toda la noche.

Tomás siguió caminando por toda la avenida tres hasta llegar a Milla. Allí se sentó solo en un banco de la plaza a observar a los niños jugar con sus padres.

★★★

Caminar solo por las calles de Mérida es una verdadera fiebre. Te llenas de polvo, de buhonero, de cerveza barata (corrijo, ahora cerveza) y una que otra reliquia callejera más. Mérida tiene tanto para mostrar…

★★★

A las dos de la tarde, cuando el sol está en la mera mitad del cielo de la ciudad más fría de Venezuela, Benedikt mira su reloj. Aún le quedaban por visitar un par de atracciones más antes de partir a Bogotá.

«Diese Stadt ist sehr schön und billig», pensó Benedikt mientras reflexionaba sobre la cantidad de bolívares que había recibido en el mercado negro; iba con una mochila repleta de billetes. Siguió caminando por la calle 24 y se tropezó con un letrero que ponía: «El elefante dorado». Tomó una foto casual de turista y entró al bar a pedir un Jägermeister para no perder la costumbre de su tierra, y seguir rumbo al encuentro de las heroínas de la ciudad. Anastasia, María Simona Corredor de Pico, María Isabel Briceño Peralta de Fornés, María del Rosario Navas y María Ignacia de la Santísima Trinidad Uzcátegui se erguían en el medio de la plaza, la cual llevaba sus nombres en honor a las batallas que lucharon durante la independencia del país. Benedikt las miraba admirado, hasta entonces solo había visto plazas dedicadas al libertador.

—Qué linda plaza, che —le dijo Benedikt en su castellano argentino a un señor que estaba sentado justo a su lado.

Recorrió la plaza y siguió su camino por las estrechas calles de la ciudad. Hay calles en Mérida diseñadas para solitarios: irritantes para los caraqueños jactanciosos de una ciudad con calles grandes de basureros; pasmosas para los no merideños, los extranjeros, los extranjeros de fuera, los gringos.

Mérida es *pa* arriba y *pa* abajo, y así aprenden a orientarse los merideños en el exterior. A lo lejos venían unas niñas uniformadas agarradas de las manos cantando el himno del caminante infantil: «María la Paz, la Paz, la Paz. Un paso p'atrás, p'atrás, p'atrás...». Benedikt se repetía para sí lo hermosa que debió haber sido aquella ciudad mucho antes de su crisis política; aun en medio de la crisis se veían algunas sonrisas dibujadas en los rostros más inocentes. Les sonrió a las niñas y siguió caminando por la avenida cinco. Se detuvo en la escuela de música para escuchar desde afuera las voces femeninas calentando la garganta al ritmo del piano. «¡Ach[2], es hermoso!».

Siguió caminando por la avenida y cruzó en la calle 23 para visitar la catedral de la ciudad, herencia religiosa impuesta por los colonos. Justo en frente se encontraba la plaza Bolívar y más allá el rectorado de la Universidad. Benedikt se quedó mirando por un rato la estructura del rectorado desde afuera. Había, casualmente, una graduación ese día y se les veía a los recién graduados salir con sus familias y con sus títulos en la mano. Como buen turista, se acercó a preguntar a una señora dónde quedaba la heladería de los mil sabores.

—Usted baje por aquí derechito, mijo. ¿Me entiende?

---

[2] Del alemán, '¡oh!'

—Sí, señora. Muchas gracias.

Estaba goteando sudor mientras iba bajando la avenida tres (el trópico se siente hasta en las ciudades frías de los países calientes). La avenida estaba llena de comerciantes y la cantidad de transeúntes ralentizaba el tráfico, lo que provocaba un pitar de cornetas por doquier. «Pase», «Adelante», «Bienvenido», «Pregunte sin compromiso»… Benedikt pudo evadir cualquier tipo de obstáculo hasta llegar a la heladería: «Heladería Coromoto Mil Sabores (cerrada por falta de insumo)». «La concha de… Verdammt». Se sentó un rato en un banco solo a mirar a los transeúntes. Después siguió su camino por la avenida tres y en la esquina de la calle 25 entró en un bar a tomarse una cerveza…

★★★

Las Cibeles

Conversación de dos chamos en la barra:

—Marico, anoche soñé algo raro.

—Si me cuentas lo que soñaste, yo te cuento el mío…

—Anoche soñé con la fe. Era una señora grande y gorda con una batola verde. «¿Por qué vas vestida de verde, guara?», le pregunté yo. Me miró con intriga y sacó de mi boca la palabra *guara*, la sostuvo en sus manos, la lanzó dos veces hacia arriba como quien juega con una pelota de béisbol, después sostuvo la palabra con los dedos índice y pulgar, y se la tragó. La asimiló, la hizo suya, luego me miró y me sonrió (supongo que no conocía la palabra *guara*). «¿El verde no es el color de Esperanza?», proseguí yo, con un raro sabor en la boca. «Esperanza está de luto porque Paz se ha muerto», me dijo, y de nuevo me dio una sonrisa irónica. «¿Y esa vaina?», le volví a preguntar. «Animales racionales progenitores de lo inexistente, pirómanos excéntricos violadores de sus hijos, dinosaurio combustible, grito que parece refriega. ¿No es lo mismo el turbante que la sotana?».Y desperté, loco.

—Yo soñé con una nevera *full* de limones amarillos, ¿entiendes lo raro que es eso? Aquí no hay limones amarillos... Se me debieron mezclar los colores en la mente.

Música del bar: Héctor Lavoe, *El cantante.*

Eran las siete y media de la noche, la hora en que Tomás sabía que aún no había suficientes chavistas como para que lo atormentaran con su rojo chillón. Llegó a la barra, pidió una Polar y miró a su alrededor mientras escuchaba a dos chamos hablando a su lado: «Marico, anoche soñé algo raro...». Dio un buen sorbo a la cerveza. En el fondo del bar había un escritor sentado escribiendo en su libreta. En una mesa estaban los malabaristas de la avenida Las Américas y en otra mesa estaba un grupo de estudiantes conversando.

Tomás siguió bebiendo y recordando sus años dorados con García: «Y canto a la vida, de risas y penas...». Bebió otro sorbo y fue al baño. Al regresar, se quedó paralizado. Vio a un chico sentado en una de las mesas que estaba frente a la barra. Se veía que estaba intentando entender un poco con su mirada la excentricidad del bar, ese bar comido por los años con tanta belleza en la experiencia. Su vejez, su vida bohemia, los poemas escritos pegados en la pared, el olor a madera húmeda y las personas que lo frecuentaban le daban casi vida propia al bar. Tomás lo observó atónito —aún parado sin moverse— y miró cómo resaltaba en el bar, cómo se notaba que no era merideño, que era un extranjero. Se dio cuenta de que hacía tanto tiempo que no venían extranjeros a su ciudad que escenificó el bar y le pareció que el chico era como una mosca albina nadando en medio de un cerrero[3].

Como buen merideño caballeroso, Tomás se acercó con cierta gentileza, le sonrió y, sin verlo de manera extraña, como lo hacía el resto de los asiduos al bar (después de todo, él era un pelirrojo en medio de un país de trigueños, otra mosca albina más), le preguntó:

—¿Bailas salsa?

Benedikt le devolvió la sonrisa. Había hecho un pequeño curso de salsa en Leipzig. *Gott sei Dank!*

---

[3] Tipo de café venezolano muy concentrado. Por lo general, se usa hasta el doble de la cantidad de café necesaria para hacer un «negro».

Canción de cuna de Yocasta

Duérmete, mi niño,
luz de mis ojos,
aunque tu padre no lo quiera,
para mí lo eres todo.

Duérmete, mi niño,
un día serás el rey,
tendrás todo en el barrio,
un día serás la ley.

Duérmete, mi niño,
conseguiré dinero,
no escuches a las crueles cantoras,
la madre siempre es primero.

El hijo del herrero

Camilo se encontraba trabajando en el taller de herrería en la platabanda de su casa. Estaba soldando las rejas que había encargado Isabel, la del quiosco. Su hijo subió como de costumbre con una jarra de agua panela con limón. Camilo dio un sorbo, se quitó la parte de arriba del mono para refrescarse un poco y se sentó un rato al lado de su hijo, quien hacía dibujos con las virutas del hierro.

—Papá, ¿qué hay más allá de Mariches[4]? —preguntó Camilito con intriga.

—Bueno, hijo, más allá está Petare, ya lo sabes.

—¿Y más allá?

—Bueno, más allá, la gran Caracas.

—¿Y después qué?

—Pues… después vienen Valencia, Barquisimeto y donde vive tu abuela, Valera.

—¿Y extrañas Valera, papá?

—Me gusta más vivir en Caracas, hijo.

—Pero nosotros no vivimos en Caracas, vivimos en Mariches, y tú no eres caraqueño, sino gocho, viejo.

—Valera me vio nacer, hijo, pero Caracas es mi patria. Aquí he luchado, he llorado, he ganado, he perdido y he tenido amigos y enemigos que me han enseñado el concepto de patriotismo.

—¿Qué es la patria, papá?

---

[4] Fila de Mariches.

—*Patria est ubicumque bene est*[5].

—¿Y eso qué significa?

—Hijo mío, recuerda bien lo siguiente: la patria no es aquella que te ve nacer, sino ese pedazo de tierra en el que los pies se sienten cómodos. Algún día tú también crecerás y buscarás la comodidad de tus pies, quizás en Mariches, en Petare, en Caracas o en Polonia.

—¿Y puede ser la patria una persona?

—No, hijo. La patria es algo que no se puede palpar con las manos, se siente.

—Pues mi patria, la única que me hará sentir feliz, estará siempre allí: junto a ti y a mi mami.

Camilo despertó de su siesta del mediodía. Hacía ya cinco años que se había jubilado y quince que el pequeño Camilo se había ido a Europa a buscar un mejor futuro. De vez en cuando, recordaba esa escena en su cabeza tan viva como si fuese el día anterior, o por lo menos una semana antes; el día que le enseñó a su hijo que el esmeril es el más perspicaz de los instrumentos en la herrería: afila, pule y desgasta una pieza a placer, como el patriotismo.

—Isabel, dame una cerveza bien fría —pidió Camilo a Isabel, la del quiosco.

---

[5] Séneca: «La patria está donde quiera que uno esté bien».

Querido Niño Jesús

Antes que nada, quería decirte —aunque ya tú lo sabes— que este año he sido un niño muy bueno y obediente. Hace ya un año que mis padres decidieron mudarse a Alemania. Aquí los niños dicen que tú no existes, pero yo les he dicho que sí, que tú sí existes, que siempre nos traes los juguetes en Navidad a mi hermano y a mí, que lo que ellos dicen son solo mentiras. Esta Navidad no quiero juguetes, Niño Jesús: quiero regresar a casa.

El idioma es muy difícil y hace mucho frío. Mis padres me dicen que aquí vamos a estar mejor, que voy a poder comer helado todos los fines de semana y que me podrán comprar muchos muchos juguetes, pero yo extraño a mis primos, extraño mucho jugar a las metras en el barrio, extraño a la maestra Dulce, a mis amigos del colegio y a mi mejor amigo, Ronald. No me gustan los niños de aquí, ni el colegio, ni la profesora, ni el idioma, ni el frío. ¿Sabes que tengo que usar chaqueta todo el tiempo, Niño Jesús? Lo único divertido es que conocí la nieve y que podré hacerle coco[6] a Ronald cuando regrese, pero, bueno, es divertido por un rato, porque después uno se moja todo todito.

Tengo que decirte que a veces escucho a mi mamá llorando en el cuarto. Yo creo que ella también extraña la casa, o quizás sus compañeras del trabajo también le dijeron que tú no existías y se asustó mucho. Yo no me asusto, Niño Jesús, yo soy fuerte. Mi papá me dijo que yo también debía cuidar mucho de mi mamá y de mi hermano porque soy el más fuerte de la familia.

---

[6] Hacer coco: presumir de algo.

Por favor, Niño Jesús, arregla las cosas en mi país para que mi familia y yo podamos regresar pronto. Yo nunca voy a dejar de creer en ti, porque sé que existes y siempre me has traído todititos los juguetes que he pedido en Navidad. También quisiera pedirte que le digas a mi mamá que no se preocupe porque tú nos vas a ayudar a regresar a casa, así ella dejará de llorar y estaremos más felices. ¡Gracias, querido Niño Jesús!

Nicolás

Querida Inés

Hace ya más de un año que partí de casa, tierra en la que tus pies aún siguen soportando su desdicha. Solo quería escribirte estas pequeñas líneas para decirte que tanto Pedro como los niños y yo nos encontramos muy bien, aunque las arepas aquí me sepan a tierra y no a maíz. Quizás mi paladar ha cambiado.

Cuídate mucho y dale muchos besos a Ana de mi parte. Que Dios las bendiga.

Sofía

La calle ciega

A Regensburg, que me abrió los ojos

Ahí va un hombre, exhalando el aire que le entra por la nariz. Mientras se fuma un cigarrillo, va pensando en los detalles del adoquín que está pisando con sus zapatos lustrados hace unos minutos por el niño de la esquina. Este, en vez de ponerles betún a los zapatos, les pone crema de la barata para que le rinda el trabajo, y cuando no tiene crema, con un poco de saliva quedan los zapatos, de hecho, más relucientes.

Ahí van dos mujeres, riéndose de lo bien que lo pasaron anoche mientras estaban coqueteando con aquellos dos chicos en la barra. Tomaban un trago preparado con un ron de muy mala calidad, porque el encargado que hacía los pedidos en el bar no pudo hacerlos ese sábado debido a que también hace teatro y se fracturó una pierna. ¿Quién iba a pensar que la envidia de Fred sería tan fuerte que se rompería una pierna, literalmente? Así que los *bartenders* tuvieron que improvisar... Las jóvenes se ríen y se agarran la cabeza mientras toman agua.

Ahí parado está el *hippie* con su guitarra, a la que le falta una cuerda; no ha podido repararla. Siempre que llega a reunir el dinero, el precio de la cuerda ha subido y el señor de la tienda no le puede hacer una reserva, porque la demanda de cuerdas de guitarra es muy grande; hay muchos *hippies* en la ciudad.

Ahí está el viejo vendiendo sus libros, que lo acompañaron durante toda su juventud, y como ya no tiene familiares que los quieran, prefiere venderlos por unas pequeñas monedas con tal de no llevárselos a la tumba. Mientras tanto, al lado, están los seminaristas tratando de llevarse gente al seminario y regalando medallitas de la Virgen María.

Ahí, adentro del restaurante, está el extranjero lavando los platos para poder mantenerse mientras dure su estadía aquí, esperando el día de regresar a su tierra y tomar el puesto de profesor de la Universidad del Estado que le ofreció el rector el día que, tomándose un café, le propuso culminar sus estudios en tierras lejanas.

Arriba está el sol, peleando con las nubes para dejarse ver la cara, porque desde hace ya varios días no se asoma por estos lares, debido a todas las tempestades que dio el pronóstico de la emisora de la radio la semana pasada.

Ahí, sin inmutarse por todo el ruido de la ciudad, están dos amantes haciendo el amor en la cama, que casualmente suena cuando está la calle llena de transeúntes, quienes no se inmutan por acto tan maravilloso porque están inhalando el aire, el mismo aire que exhala el hombre que se está fumando el cigarrillo.

La sucursal del cielo

Antonomasia: sinécdoque consistente en emplear
un nombre apelativo en lugar de uno propio.

Eran las cinco de la mañana cuando sonó la alarma. Ricardo abrió los ojos y pensó que sería bueno que algún día, por alguna inexplicable razón, la alarma se quedara tan dormida como él y no cumpliera con su trabajo. «Estos pensamientos míos a las cinco de la mañana… Pero si para eso existen las alarmas, para despertarte puntual y de sopetón, si no se llamarían "amarlas"… Güevonadas de un disléxico».

Se preparó una arepa y un guayoyo[7], se despidió de su esposa con un beso en la frente y se dirigió al garaje. Se sujetó fuerte el cuello de la corbata, movió la cabeza de izquierda a derecha y suspiró: «Otro día más que tengo que arrancar a las seis para empezar a trabajar a las ocho y media». Abrió la puerta del capó y revisó que todo estuviese bajo control: midió el aceite, revisó el motor por arriba… Todo normal. Al encender el carro notó que el sonido del motor no era el mismo de siempre, tenía un sonido extraño: «¡Dale, negra! No empieces de nuevo con tus mañas». Sin embargo, pensó que era producto del sueño que aún tenía. «Han de ser vainas mías», y arrancó.

Ricardo miraba en medio de la turbulenta tranca el fiscal de tránsito a tan solo unos metros delante de él. «Aquí los fiscales deberían trabajar en bermudas y con franelas», se dijo a sí mismo

---

[7] Café claro.

en voz alta, luego se secó el sudor de la frente. Era una mañana monótona, como todas aquellas entre semana en la autopista Francisco Fajardo, calurosa y ardientemente asfaltada. Pasó por su lado un mototaxista y chocó el retrovisor del auto con el volante de la moto.

«¡Coño, estos pajúos!», gritó Ricardo. Se quedó mirando fijamente su reflejo en el retrovisor por un rato, hasta que un zancudo le picó en la mano derecha y lo sacó de su abstracción. Ricardo levantó la mirada y con la mano izquierda se rascó la derecha. Ensopado en sudor, se soltó un poco la corbata, sacó la cabeza por la ventana del carro y sintió el sol pegándole en la nuca. «Este sol de Caracas viene con mugre incluida», y metió la cabeza, suspiró resignado y subió las ventanas del auto mientras pegaba un cornetazo.

En medio del bochorno, la mente de Ricardo se fue nublando de a poco, y observó cómo el carro que tenía a su derecha se desdibujaba poco a poco y se mezclaba en una sola imagen con su dueño. Se frotó los ojos con los puños y la imagen borrosa seguía allí. Miró a su izquierda y ocurría lo mismo, el auto era borroso, con trastes de colores negro y rojo; ni siquiera pudo distinguir la matrícula del carro de enfrente. No importaba a dónde mirara, todos eran iguales: figuras confusas de múltiples colores. Se dio cuenta entonces de que el cinturón de seguridad le apretaba cada vez más, presionándole el pecho, dificultándole la respiración. Buscó el botón de seguridad para quitarse el cinturón, pero este se quedó atascado y no podía abrirse.

Ricardo sentía un infierno dentro del carro, sudaba a chorros, y comenzó a desesperarse. Haló el cinturón de seguridad de manera violenta y lo que consiguió fue hacerse daño en la mano; fue imposible conseguir que el botón cediera. Intentó bajar de nuevo la ventana del carro para agarrar algo de aire, pero en medio de la desesperación tiró muy fuerte del elevalunas y lo rompió. Probó tocar la corneta del auto, intentando ser oído por alguien, pero su grito se perdió en el mar del sonido de cornetas que se tocan a diario en los atascos de Caracas. Pensó entonces en chocar el auto que tenía frente a él. Probablemente, su dueño se bajaría maldiciendo, vendría a amenazarlo y, al ver lo que pasaba, correría en su auxilio, pero no pudo hacerlo porque su pie se encontraba entumecido en el freno.

Las manos también estaban tullidas, pegadas al volante. Ricardo se encontraba sofocado, inmovilizado, pidiendo auxilio con la mirada. Aborrecía nuevamente a primera hora la ciudad: el humo, el sol, las cornetas de los idiotas desesperados, los motorizados, las armas, tantos autos, el tiempo perdido, los vendedores ambulantes y la gasolina barata. Aborrecía los huecos de la autopista, el cansancio antes de empezar el día, la inflación, las emisoras de radio, a Francisco y a Fajardo. Pegó un fuerte grito de desesperación que lo ayudó a serenarse un poco. Pudo soltar las manos del volante, bajó la ventana del copiloto, que aún conservaba su elevalunas, respiró un poco de aire fresco, se secó el sudor de la cara nuevamente, relajó un poco los músculos y estuvo a punto de botar una lágrima de enojo y cansancio, pero en ese preciso momento, el fiscal sonó su silbato, dio la señal y Ricardo pudo agarrar el desvío hacia la carretera La Guaira.

Recámara 211

Mi nombre es Nicolás Waither, soy gerente oficial del Banco Central Europeo y hoy he venido a Bélgica a cerrar un negocio: ¡quitarme la vida! En mi mano derecha tengo un revólver con una sola bala, la cual pondré en mi sien después de escribir esta nota; en mi otra mano tengo los papeles de la oficina, razón por la cual me suicido.

Desde muy pequeño he tenido todas las comodidades del mundo, sin escrúpulos, soy lo que llaman un rico de cuna. Al terminar la secundaria, mi padre me obligó a estudiar Economía en la universidad; con sus contactos tendría un futuro garantizado. ¿Y las ganas de estudiar Artes Escénicas qué? Eso era para fracasados.

Al terminar la universidad, conocí a mi detestable esposa, Theresa, con la cual tuve dos hijos. Hoy no recibo ninguna llamada de ellos. Durante toda mi vida me he preguntado por qué nunca fui un «Nadie». Para los «Nadie», esos que quieren llegar a ser como nosotros, la mañana les calienta el café y el piso frío en los pies les da los buenos días. Siendo sincero, podría dejar todo lo que tengo y convertirme en un «Nadie», pero luego, ¿quién calentaría el agua de la tina para mí antes de ir a bañarme?

Vivo en una sociedad que me encierra en este laberinto del que no quiero salir, porque si en el mundo de los ciegos el tuerto es el rey, entonces yo soy la manzana podrida del cesto de frutas. He estado pensando todo el día en esta maldita recámara, en el concepto de la muerte y la vida, y he llegado a la conclusión de que la vida no es más que una pequeña bola glacial que se encuentra colgando en la parte superior de una cueva y poco a poco se va derritiendo.

Abajo nos espera el suelo, el mar, un charquito, la muerte, Dios, ¿qué más da? Hoy no daré tiempo a que se derrita mi vida, partiré el hielo y me caeré al vacío. Hay un pajarito que está cantando en la ventana, parece que le cantara al sol, o a mí. Me mira, le sonrío, el teléfono suena. Es el jefe. Me despierto y me pregunto: «¿La vida, la muerte, el limbo? ¿De aquí o de allá? ¿Sí? No».

Despedida (I)

«Sé que no eres de muchas palabras. Aunque no dices nada, quieres profundamente, o por lo menos eso es lo que yo interpreto. Hemos pasado por tanto juntos… Hemos ido del timbo al tambo y del tambo al timbo, hemos poblado de caricias nuestros brazos. Sin embargo, mírate ahora, no puedes sostener más lo nuestro, has perdido parte de ti luchando por algo que perdió ya sentido. Creo que es mejor ser sinceros a seguir con algo que duele en todo el cuerpo —en el mío por lo menos—. Sabes que es lo mejor para ambos, ya no somos los mismos, ni siquiera nos gustan ya las mismas cosas. Tú te quedaste en el pasado y yo, yo… pues debo seguir adelante.

»¿Te acuerdas cuando nos conocimos? Éramos tan jóvenes, parecíamos ambos recién sacados de la envoltura, recién sacados del horno, recién bañados y listos para la cama. Éramos tan iguales, si acaso una sutil diferencia en la mirada… Sin embargo, aquí estamos. El tiempo no perdona ni el amor más puro, ni las promesas más sinceras, ni la más mínima sonrisa de gracilidad. Todo, sí, todo tiene fecha de caducidad, aunque nos hayamos ofrecido el uno al otro y que nuestro amor, este amor, sería perpetuo. Nunca nos gustaron las despedidas largas, por eso no diré más: ¡adiós!».

Elena subió la cubierta y arrojó al contenedor el animal de felpa.

Oración al Señor

Señor mío,
que te encuentras sentado arriba,
Dios bendiga tu empresa;
venga a nosotros las 48 horas semanales;
hágase tu voluntad tanto en la mano como en el lápiz.

Las horas extras son el pan nuestro de cada día.
Perdona nuestros errores
como nosotros perdonamos los retrasos del pago mensual.
No nos dejes caer en el paro
y líbranos de la expropiación.
Amén.

Sueño dorado

Una hormiga caminaba cuesta arriba con un gran cubo de azúcar, el más grande que había conseguido; era más grande que su cuerpo y más pesado que sus fuerzas. Iba paso tras paso, probablemente contando los minutos que le faltaban para llegar a la colonia, quizás preguntándose durante el camino por qué la colonia estaba en una colina tan empinada y por qué quedaba tan lejos. Se le resbaló el cubo de azúcar por su espalda, partiéndose en dos porciones. ¡Qué desdicha! Después de haber subido tanto, después de haber pasado los obstáculos del camino, el terrón tenía que resbalársele ahora precisamente. La sentí maldecir.

¿Por qué no estaría la colonia más cerca? Cada paso que daba se iba transformando en cansancio, sus patas se debilitaban cada vez más y su corazón iba trabajando con doble esfuerzo. Agarró uno de los pedazos del cubo de azúcar y se puso en marcha, retomando su camino. Movía una y otra vez sus patas, y su cabeza pequeña iba sudando gotas dulces. Sus ojos se iban volviendo cada vez más débiles y, junto a ese foco ardiente, volvió a caer en el camino y el terrón de azúcar volvió a fracturarse, esta vez en tres pedazos. ¡Nuevamente! Era toda una pérdida fatal. Agarró de los pedazos el más grande y siguió cuesta arriba.

Tenía que llegar a casa antes del anochecer porque, si no, podía perderse. Pero aun siendo las ganas muchas, las fuerzas eran pocas, y una de sus piernas resbaló y un pedazo del terrón de azúcar que llevaba en su espalda se desprendió, aunque ella siguió caminando. Ahora, lastimosamente, sabía que el terrón era igual de pesado y grande que los que acostumbraba a llevar, era una mezcla de enojo y cansancio lo que albergaba su cara. Alzó la cabeza y al final del camino vio la colonia. Al llegar se encontró con enormes montañas de azúcar recolectadas por toda la comunidad y entendió por qué la colonia estaba cuesta arriba y que poco a poco se construyen montañas de azúcar. Si tan solo supiera que estaba siendo examinada.

Tiempo local

Pedro son dos y una persona. La concepción del tiempo de Pedro no es la misma que tiene Pedro. Mientras que uno se encuentra en la fábrica trabajando, acomodando las hojas de las revistas que le preguntan qué coño hace allí, el otro se pregunta a sí mismo si pedir otra copa o no. Pedro interroga a su mente, y cada pregunta dura lo que dura una pereza en desperezarse, mientras que la pregunta de Pedro dura hasta que, sentado en la barra, ve pasar una chica guapa por enfrente. Pedro mira el reloj deseando poder librarse de ese yugo rápidamente, mientras que Pedro, mirando el reloj, desea que ese momento no acabe. Pedro mira la aguja moverse dos veces hacia adelante y una hacia atrás, mientras que Pedro ni siquiera ve la aguja. Pedro intenta sacar el sol a punta de halar las horas deseando llegar a casa, mientras que Pedro quiere seguir cantándole a la luna, pero sabe que se acerca la mañana.

Pedro deja caer una moneda mientras se quita el pantalón y se encuentra con Pedro mientras cepilla sus dientes. Lo mira, se da cuenta de que él verdaderamente envejeció mientras que Pedro lleva tan solo unas horas de trasnocho, una borrachera flipante y el recuerdo de la sonrisa de Miriam, la austriaca de la barra. Pedro mira el reloj de Pedro y el suyo; están completamente sincronizados. «¡Coño! Einstein», dice Pedro. Se voltea, mira por la ventana, sonríe y se tira en la cama.

Cárcel

*En 2017, hubo protestas en Venezuela para derrocar a
su presidente; las protestas duraron cien días y trajeron consigo
ciento doce muertos.*

Personaje principal, narrador y autor. Este no es un cuento
más, mejor una reflexión de este personaje principal/narrador/
autor. Sí, la focalización es interna, o quizás nula, o quizás externa, *wer weißt*. Dios y sus cosas y el egocentrismo de nosotros de crear materia, de dar vida, y si no nos sale bien —a la
vista está—, la culpa es del que no puede defenderse porque
se quedó sin boca. Represión en mi país, ¡qué vaina! Los que
se quedan aspiran al extranjero y los que se van añoran sus tierras, ironía de la mal llamada vida. El petróleo baja de precio
y la deuda externa sube, delatando a los traidores. Terrorismo
patriótico. ¡Maldito patriotismo! Al final no somos tan importantes como creíamos.

¿Vale la pena estudiar? La inflación compitiendo con los
muertos y los muertos que experimentaron o, mejor aún, que
han experimentado la inexistencia, ¿cuántas veces se puede uno
morir? ¡Cuentos chinos! Malditos imperialistas burlándose de
nosotros y maldito el soldado que atiende el llamado al fuego. Corazón dividido. El extranjero, incluso en la más mínima
expresión, se sufre: de la página uno a la dos —por poner un
ejemplo—. El olor a café en las mañanas no llega en las celdas
de los retenidos por la justicia. ¿Quedarán ateos rabiosos cuando
nos dejen de inyectar la religión a la fuerza?

Qué triste es llamarse Soledad, sobre todo cuando la ves cabalgando sobre ti. Madres que entierran a sus hijos, lo inverso e irreversible en países en guerra. Países que sin guerra tienen más balas en sus cartuchos que los países bélicos. Echar de menos, ¡vaya expresión gallega más excéntrica! Qué difícil es entender la economía mundial con la cabeza llena y el estómago vacío. Soy estudiante activista, si cortan mi lengua, todavía mis manos podrán materializar las palabras; quedarán los versos, mi voz. ¿Poesía? Cuento, más bien «cuentema». ¿Qué más da, si el grito es el mismo? Libertad.

A Verónica

Te diré Verónica para que todos sepan que hablo de ti sin tener que mencionarte. Antes que nada, quiero que sepas que no guardo para ti ni el más mínimo de los respetos, y aunque muchos de mis hermanos me criticarán por esto, seguro que habrá otros que se sentirán igual de indignados que yo. Muchos te creen la mejor madre del mundo; yo, sin embargo, te creo una de las más meretrices del continente. Cómo no estar enojado con una madre que no cuidó nunca el bienestar de sus hijos; que su fortuna la regaló a los hijos menos hacendosos de la casa; que se cansó de adoptar niños para que vivieran en nuestra casa y que nunca les dejó las reglas bien claras; que fue incapaz de ver al futuro y pensar que, en caso de que te pasara algo, ya habrías pactado con otros padres para que apoyaran a tus hijos y les dieran cobijo como tú lo hiciste con muchos otros.

Tú que eres tan millonaria, tan ingenua, les has dado mucho de nuestra herencia a todos esos bandidos que vienen a las horas más tranquilas de la madrugada a despertarte para hacerte el amor, ilusionarte, llenarte de besos y de promesas, recoger parte de su recompensa por hacerte, si acaso, un poco feliz e irse, o peor aún, no irse más porque te tienen engañada. Tú y tu casa se han vuelto un mar de desidia y los hermanos mayores se han aprovechado de los más pequeños, los han engañado, los han estafado, los han violado. Sí, tienes incesto en tu casa, y tú tan tranquila meneando tu vestido tricolor en la habitación principal.

No has cuidado de aquellos que quisieron ayudar a mantener la casa en pie, aquellos que traían también el pan a la mesa, aquellos que se levantaban temprano y ponían a hervir la tetera para que todos tomáramos nuestros cafés antes de comenzar nuestras actividades, aquellos que traían juguetes a los más pequeños en tiempos de Navidad. Ya Pedrito no cree en el Niño Jesús y a Fernanda hay que explicarle por qué Dios sí existe.

Nos han maltratado de forma brutal tus amantes, tus conocidos, tus invitados y, peor aún, nuestros propios hermanos. Te has cruzado de manos y no has hecho nada para detener la bofetada que nos están dando a nosotros, tus hijos. ¡Despierta, coño!

Por la plata baila el mono

Kevin metió la mano entre el cinturón del pantalón y su abdomen, sacó la nueve milímetros que tenía allí, cargó el arma y la puso sobre la sien de Juan. «Baila», dijo, y Juan comenzó a dar saltos tímidos mientras sus lágrimas caían al suelo.

Cáncer

Yo me encontraba tumbada en la cama pensando. Hacía ya un mes que había recibido aquella dura noticia. ¿Por qué la vida es tan injusta? Nunca he fumado un solo cigarrillo en mi vida, lo único que he hecho es trabajar para mantener a mi madre, ¡mi madre! ¿Quién cuidará de ella cuando me vaya? Seguramente, uno de mis hermanos la llevará a Caracas y allí pasará unos meses.

El tiempo ha pasado muy rápido y mi cuerpo cada vez se debilita más. Lo único que pienso es cómo ha pasado la vida de manera fugaz en mis manos. Nunca me he preocupado más allá de lo que debía, pero siempre he tratado de andar por la raya justa entre lo que puedo y no puedo hacer. Ahora pienso que no estuvo tan mal quedarme soltera, siempre hice lo que me satisfacía, y pienso que tener un hijo tampoco me hizo falta, tengo varios sobrinos que me quieren y por los que siempre me preocupo cuando vienen a pasar las vacaciones aquí en casa. Tengo buenos hermanos, unos buenos compadres, unos buenos cuñados y una vida tranquila.

Al final me doy cuenta de que mi vida ha sido una vida sin apuros, y así como fue de tranquila mi vida será mi muerte también. Siempre fui una mujer de hacer las cosas con calma y no quise hacerme nada de esas tonterías que inventan los médicos para intentar «prolongar» tu vida, no era necesario. Preferí quedarme en casa con los míos, a donde siempre he pertenecido, con esos con los que no necesito pronunciar una palabra para que entiendan lo que entiendo yo, para que entiendan mi dolor y mi alegría… ¿Entender? ¡Vaya verbo!, ¿verbo?, ¡vaya palabra! Las mismas que no gesticulo porque me cuesta mover los labios, esos labios que alguna vez fueron míos y que ahora los siento tan extranjeros, junto con los párpados, los brazos y el aire. Entender…

El pequeño dolor que me aprieta el pecho comenzó justamente a eso de las cuatro de la mañana. Me esforzaba inmensamente por respirar, es muy difícil, y supe desde el primer punzón que había llegado el momento. Cada respiro que doy es un inmenso esfuerzo por vivir, pero no por mí, ¡no! Yo veía en la tele esas novelas que tanto me gustaban; mis hermanos me han atendido como si fuera la hermana favorita, y tengo que admitir que eso me encanta. Respiro cada vez más hondo para preparar a mi familia, ha llegado el momento. A eso de las ocho y media de la mañana, se acercó mi madre y me pronunció las palabras más hermosas de este mundo. Entendió que había llegado la hora de separarnos y me dio su bendición como una buena mamá lo hace. Yo la miré, le sonreí y, como pude, di un amén.

La bendición de mi madre me dio tranquilidad, me llenó de paz, me permitió partir tranquila. ¿Qué más puede pedir una humilde cristiana que vive en un pueblo donde cortan la luz ocho horas al día todos los días? Me siento bendecida por el ángel que siempre me cuidó, que siempre estuvo a mi lado. Nada más puedo pedir.

A la mañana siguiente fue toda mi familia a misa. Fui motivo para unirlos sin necesidad de que fuese diciembre o fiestas, ahora era mi festividad personal. Me sentí más querida que nunca. Después fueron a comer barquillas en la heladería del pueblito, mejores que las barquillas italianas que te venden en Nápoles; nunca estuve en Italia, pero me lo ha dicho un sobrino que tengo que ha viajado mucho. Al final del día fueron todos a mi casa y jugaron al bingo, como era la costumbre familiar, hasta el atardecer, y todos reían y eran felices. Esa fue la última vez que vi a mi familia.

Los santos

En mi barrio siempre se honra a los santos. Se prende una velita y se pide un milagro. Nuestro ritual es así, una especie de petición a alguien que está en el cielo, pero que no está tan ocupado como Jesucristo o la Virgencita, y puede que quizás, solo quizás, ese santo escuche nuestras plegarias.

Los verdaderos santos, aquellos a quienes debemos conmemorar, son los que se han dejado la vida por sus creencias, aportando un pequeño granito de arena y de humanidad al mundo. Sí, metamos a quien usted quiera allí: al papa Juan Pablo II, a Sathya Sai Baba, a Einstein, a Nietzsche, etc. A quien usted quiera, pero no se olvide de Juanita, la viejita que vendía arepas en la esquina de la calle El Olvido con la calle Esplín. Recuerde que esa vieja tuvo que soportar en silencio muchas cosas: se casó con un viejo quince años mayor que ella, tuvo doce hijos, cocinó, lavó a mano, limpió la casa, cosió la ropa regalada de otras madres, cambió los pañales de su esposo cuando este ya no hablaba más y solo balbuceaba sentencias, abrió la primera arepera del barrio, crio a sus hijos con educación férrea —como podía, ya que había llegado ella misma hasta segundo grado—, cuidó de sus nietos y bisnietos, y, cuando ya no pudo más, se sentó en la mecedora de su casa a mirar la tarde todas las tardes...

Había pasado tantas cosas en el mundo, en el medio de su mundo, que no se había percatado ni de un solo acontecimiento por muy importante que fuese. Ella estaba ayudando a mantener la humanidad en pie, su humanidad: pasó por el primer televisor, las primeras noticias de una guerra atroz en Europa, las primeras emisoras de radio, el descubrimiento de Plutón, los primeros programas de televisión, las primeras empresas petroleras en Caracas, los primeros perros callejeros, los teléfonos, el internet, y hasta le habían enseñado a hablar a través de un aparato con su bisnieto que vivía en Hong Kong.

Ella, muy atenta, en sus años más maduros se sentaba en su mecedora, se tomaba su café y recibía muy alegre a cualquiera que viniera a pedirle consejos. Muchas veces se burlaban de ella porque iba con sus batas viejas y desgastadas, pero ella nunca dijo nada, nunca la vieron quejarse por su situación, simplemente callaba y llevaba sus penurias en silencio. Juanita la del barrio se merecía una estatua en el barrio, pero en cambio, no se ganó ni siquiera una tumba cuando murió. ¿No es eso santidad?

El mundo de los sordos

Cayó un trueno de esos que retumban en el cielo. Lilia abrió los ojos de sopetón, escuchó la lluvia y le dijo a su marido mientras se levantaba de la cama:

—Juan, ¿escuchas la lluvia?

—¿Qué estás hablando tú? No llueve. Aparte, vivimos en un ranchito en Petare, ¿crees que no me enteraría si llueve?

—Coño, Juan, está lloviendo a cántaros.

—Yo no escucho ningún grillo cantando.

—Es porque está lloviendo tanto que el agua los ahogó a todos.

—Acuéstate, Lilia, mañana es lunes. ¡Dios proveerá!, y hay que trabajar.

—No vas a trabajar nada si te mueres hoy ahogado por huevón.

En frente de la puerta de la casa se iba formando lentamente un pocito de agua, gota a gota se fue transformando en un pozo y pronto este comenzó a desbordarse.

El agua fue entrando por las ranuras del rancho, metiéndose por la puerta y revolviéndose con la tierra para formar el barro. Lilia miraba el agua como un venado mira a su enemigo. Se asustó al ver que la casa se estaba encharcando, despertó de nuevo a Juan y le recordó lo que habían vivido sus primos hace años atrás en la catástrofe de La Guaira.

—El primo Pedro dijo que empezó a llover como está lloviendo hoy —dijo Lilia, pero Juan no le hizo caso, se dio la vuelta y siguió durmiendo.

El agua ganaba cada vez más terreno en el rancho. Lilia pensaba que el agua y el viento jugaban en el mismo equipo, dispuestos a tumbar el ranchito que con tanto esmero había conseguido construir con su marido, y justo ahora que todo estaba tan escaso y la situación estaba difícil en el país. Las gotas de agua que caían del cielo parecían mangos cayendo de su mata, hacían aflojar los alambres de las latas de zinc del techo, el suelo se volvía cada vez más débil y todo comenzó a moverse de lugar. Lo primero que se cayó fue la figura del doctor José Gregorio Hernández del altarcito que le había montado Lilia para que los librara de todo mal. La lluvia y el viento sacudían la casa desde afuera, y pronto todo lo que estaba colgado dentro del rancho caía al suelo, se mezclaba con el agua y el barro y quedaba sepultado.

—Juan, nos vamos a morir aquí ahogados si no nos vamos —le dijo Lilia a Juan.

—Esos son cuentos de camino. Duérmete, por favor —le respondió Juan entredormido, y se acurrucó más fuerte dentro de la cama.

Pero el agua ya estaba subiendo tanto de nivel que comenzó a tapar las patas de la mesa y de la cama. En un fuerte ventarrón, la nevera se abrió de par en par, soltando todo el hielo que tenía adentro, enfriando el agua.

—Juan, mi amor, por favor, nos estamos ahogando.

Juan no le respondió, intentó seguir durmiendo; sin embargo, el agua seguía subiendo tan rápido que tuvo que intentar dormir en cuclillas, luego de rodillas y, finalmente, de pie.

—Estas son vainas de la vieja metiche esa, que quiere que nos mudemos para ella quedarse con el terreno —dijo Juan, y mientras hablaba, el agua entró con más fuerza, subiendo más su nivel, hasta que los dos tuvieron que empezar a flotar.

Cuando ya el agua estaba tapándole la nariz a Juan y su cabeza chocaba con el techo de zinc, miró fijamente a su esposa.

—¿Viste? —dijo Juan—, por andar diciendo que iba a llover, cayó tremendo palo de agua.

Despedida (II)

«No te vayas», dijo Elena soltando el último rayo de desespero, «no me dejes con el amor en la garganta. El amor en los tiempos de desconsuelo se siente, yo lo siento aquí en la garganta. ¡Tócalo! ¿Ves? Ahí está el amor, y no me deja tragar ni la más mínima gota de saliva, porque está allí atascado. Es muy grande para salir por la boca. Si te vas, irá saliendo en pedacitos. Un día eructaré nuestro primer beso, otro día escupiré tu cara hermosa acariciándome en las mañanas, otro día toseré nuestros planes vacíos y, en los días más difíciles, el amor se volverá líquido y me saldrá por los ojos y por la nariz; pero es tan grande el amor que seguirá allí, atascado en mi garganta…».

Paula lo miró con mucha ternura, le acarició el cabello y abrió la puerta. «Cuídate mucho», le dijo, y se fue.

Carta por la letra eñe

Estimado profesor Lohnrot:

Estando en el extranjero me he dado cuenta, por desgracia tarde, de la particularidad de la letra eñe. Muy personalmente pienso —sin descubrir nada nuevo— que sin dicho carácter el español tendría que hacer una rotunda reforma en el sistema del idioma. Para empezar, ya dejaría de llamarse español y podríamos ponerle, como muchos países de Latinoamérica lo caracterizan, castellano —todo esto para darle sentido a mi punto—. Habría un cambio transcendental en un sinfín de palabras que forman parte de nuestro mecanismo de pensamiento como hablantes nativos. Los niños, por ejemplo, dejarían de ser niños y se convertirían en un ser sin definición alguna, o mejor sí, podríamos definirlos como hombres muy jóvenes carentes de altura, precisamente porque uno de los antónimos de la palabra *alto* —que quedaría perfectamente para definir a estos hombrecillos— no podría usarse.

Hay muchos hablantes no nativos que piensan —y que incluso ya muchos efectivamente lo hacen, usted, por ejemplo— que sustituir la letra eñe por la ene sería una muy buena solución, pero radica el problema de que si se hace semejante cambio, las palabras sufrirían una metamorfosis tremenda, ¡tremendísima! Si, por ejemplo, se cambiase esta consonante dentro del sustantivo que define el acto en el que nuestros cuerpos están en un estado de reposo, mientras el cerebro produce imágenes fantasiosas y reales, podría confundirse con la palabra que dictamina la primera persona del indicativo presente del verbo *sonar*, que sería justamente lo contrario a lo que se quiere buscar.

Si se erradicase nuestra querida consonante de aquella palabra que define la gramínea tropical de la cual se obtiene el azúcar, caeríamos nuevamente en una confusión. Al decir mi padre que trabaja recolectando dicha planta —cosa que es real—, no sabríamos —a primera instancia, claro está— si trabaja en el campo, en la peluquería de un ancianato o si quizás es un poeta que se enamoró perdidamente de la dulce cabellera de una mujer... ¿Cómo defino, por ejemplo, el término dado a ese período de doce meses que tarda la Tierra en dar una vuelta alrededor del Sol? ¿Y qué pasaría con algunas onomatopeyas en nuestra lengua?, ¿cómo haríamos para expresar el sonido que dos amantes desenfrenados producen mientras están consumando su amor en una cama llevada por el óxido, o por el amor, o por los dos? Y si Mahoma no va al cerro ese, ¿para dónde va Mahoma?

Querido profesor, cada vocal, cada consonante, cada simple acento en esta lengua, mi lengua, forma parte de un sentido arbitrario que debe respetarse. Le pido, por favor, que escriba bien mi nombre (Alt + 164).

Que tenga usted un muy buen día.

Atentamente,
Sergio Buenaño

Pep

En mi casa hay un perro grande de color dorado. Yo lo bauticé como Pep. Lo conseguí una vez arañando la puerta de mi casa con sus patitas; cuando abrí la puerta, se me echó encima y lamió mi cara, yo le di un poco de agua y algo de comer, Pep ladraba de felicidad. Pep era disciplinado y muy silencioso, solo salía cuando yo le indicaba, solo venía a mi cuarto cuando yo lo traía, y casi todas las noches dormía conmigo.

Un día que vinieron mis padres de visita, estaba excitado de emoción por mostrarles a Pep. Les conté la historia de cómo llegó a mi casa, de todas las cosas que hacíamos juntos, de cómo prefería ver este o aquel programa en la televisión, de lo mucho que me escuchaba, casi como si fuese mi mejor amigo. Llamé a Pep y no vino, así que fui a buscarlo al cuarto. Al traerlo, exclamó mi madre:

—¡Hijo mío, este es un perro de porcelana!

Così e cosà

—¿Has visto alguna vez una de esas viejas sentadas pidiendo en las calles con su vaso de café usado con algunas monedas dentro que cascabelean para que los transeúntes se apiaden y tiren alguna otra nota en ese sonido de hambre? Una vieja clásica: con un pañuelo en la cabeza para taparse del sol, con su bastón basurero, con su vestido pijama y calzada con varias medias para tapar después de tantas capas aquellos pies cansados de caminar… ¿Has visto esas viejas? Viejas tan viejas que huelen viejo de lo viejas que son.

»Todos somos mendigos en el fondo («Mami, ¿tú me quieres?»). Yo también hago música con olor a café. ¡Siéntate! Vamos, sin miedo, *caro*. Yo también hablo otros idiomas, *per non dire che parlo molto bene l'italiano* que aprendí cuando estuve de *clocharde* en Roma. Ya ni los policías me pegan, las arrugas a veces también ejercen autoridad. El mal olor se me va a pasar cuando dures más de veinte minutos a mi lado.

»Somos animales de costumbres. ¿Has visto una de esas viejas locas? Esas que solo hablan disparates, se inventan palabras, se carcajean, alimentan a todas las palomas de la manzana; qué horribles son las palomas, pero son las menos racistas de los seres vivos. Hay tantas viejas en este mundo, pero este tipo de viejas no se te olvidan nunca porque te recuerdan siempre a la tuya; todos tenemos una vieja, yo también tengo la mía. ¡Mírame! ¿Has visto alguna vez una vieja que para levantarse y darte un beso deba pedirle ayuda a Ángel? ¿Una vieja arrugada, una vieja que olvidó la sensación de ser madre? Esa vieja soy yo. ¿Me das una moneda?

—Dale algo a la doña, pana —me dijo Ángel mientras tocaba la guitarra. Yo saqué del bolsillo un re y lo lancé al vacío.

Se fue la luz

Después de cuatro años sin ir a Venezuela, tierra que me vio nacer, llegué a casa en el 2019. La inflación azotaba el país de manera brutal y ninguno de los servicios públicos parecía funcionar al cien por cien.

Una noche, estando en casa leyendo no sé qué libro aburrido de esos que me entretienen la mente, se fue la luz. No era la primera vez. Llevaba una semana en casa de mi madre y la luz se iba diariamente mínimo tres horas al día, sin previo aviso, inoportuna. El motor de la nevera de la casa se había quemado debido a estos fallos eléctricos, y así como esta, un millón de historias incluyendo muertes en los hospitales por bajas eléctricas en medio de operaciones importantes. La gente se sentía olvidada y ultrajada. Con lo poco se hacía mucho.

En medio de la desesperación y el enojo, salí a la calle en búsqueda de un poco de aire nocturno; eran las nueve de la noche. Me fui caminando hasta la casa de mi abuela, que vive a dos cuadras de distancia de mi mamá. Desde la distancia visualicé unas pequeñas luces que brillaban alrededor de todas las casas. Al llegar, me di cuenta de que toda la calle de aquella vereda estaba iluminada por velas, alineadas una detrás de otra, casa tras casa. Pregunté por qué hacían eso y me explicaron que todas las noches, cuando se iba la luz, en vez de encerrarse en sus casas y maldecir la situación en la que se encontraban, ellos decidieron encender velitas e iluminar sus calles, sentarse afuera y pasar las horas de penumbra en compañía de su comunidad.

Antes de encender cada vela, pedían un deseo y ponían la vela con fe en el suelo. Los niños jugaban y cantaban en las calles, los adultos se sentaban y charlaban con sus sillas de mimbre fuera de las casas, algunos ponían música con algún aparato que no necesitara electricidad, y así pasaban la noche más amena, juntos unos con otros; solo los pocos que quedaban en el pueblo, los más jóvenes, se habían ido, y solo quedaban ancianos y niños. A mí me dieron la oportunidad de prender una vela y pedir un deseo. Cerré los ojos y vi el milagro más hermoso que nunca había experimentado en mis ocho años viviendo en Austria: estaba en medio de la creación de una tradición y yo formaba parte de ella. Una vez más, como la hormiga, me di cuenta de que la unidad puede más que la fuerza y que ante las vicisitudes es mejor abrazarnos unos a otros que morir calcinados en la soledad.

Hoy la luz no es un problema y quizás mis nietos no entiendan por qué el 31 de diciembre, antes de desear feliz año, son encendidas las velas en medio de la calle para iluminar los caminos de los habitantes de la vereda 12 de Sabana de Mendoza.

Dios proveerá

Y mi Dios proveerá a todas vuestras necesidades, conforme a sus riquezas en gloria en Cristo Jesús[8].

Después de la Guerra Civil, muchos peninsulares llegaron a tierras americanas para comenzar allí una nueva vida. Al llegar y ser censados, muchos de ellos cambiaron sus nombres y muchos de sus apellidos eran cambiados también. Así surgieron nuevos apellidos en el nuevo continente…

Jesús se encontraba en una matiné en Caracas cuando se le acerca Pedro y le dice:

—Nos quedamos sin ron.

—Escríbele a Dios por el WhatsApp —respondió Jesús—. Dile que pida dos botellas en la licorería de mi papá.

—¿Seguro? ¿No se arrechará tu pure?

—No vale, ya sabes que José es un santo…

Una hora más tarde llegó Dios a la fiesta con ron, limón y hielo.

—Gracias a Dios tenemos ron —dijo Jesús sonriendo, y subió el volumen a la salsa.

---

[8] Filipenses 4:14.

La boda de Benito

El viejo Benito, a sus ochenta y cinco años, se subió cual jovenzuelo frenético al taburete que había en casa (visitaba a su hijo en el extranjero). Buscaba el chocolate que tenía su hijo en una de las alacenas de la cocina. Muy claro le había dejado el doctor que el dulce lo podía matar lentamente si no se controlaba, pero terco a todo reclamo de su hijo, siempre comía escondido una que otra tableta. Después de todo, el cigarrillo barato no le había afectado a los pulmones, el reguetón no le había estropeado los oídos y el gobierno de Maduro no le había producido ninguna gastritis crónica, aunque estuvo a punto.

«Una tableta de chocolate, ¡bah! Si el chocolate es salud», pensaba Benito mientras recordaba aquellos tiempos cuando vivía en Chuao: sembraba el cacao, cuidaba de las plantas y, cuando la mata estaba madura, recolectaba los frutos y con dolor veía cómo sus manjares se tenían que ir al extranjero para ser mejor aprovechados.

El viejo estiraba los brazos lo más que podía luchando contra todo crujir de huesos y contra una joroba que pesaba más que el cabello largo en su juventud. Tuvo una juventud bella y atrincherada. Aún tenía presentes los tiempos de enfrentamiento y rebeldía con la Guardia Nacional Bolivariana, todavía le quedaban algunas marcas de los perdigones que recibió por defender la libertad de expresión.

«Tanto luchar en mi vida y ahora no puedo alcanzar una sola tableta de chocolate», decía en voz alta Benito solo en la cocina, «maldito país de gigantes».

Recordó, intentando alcanzar el chocolate, a Irene. Esta acción le asemejó a sus tiempos mozos, cuando intentaba agradarle a la chica. Justo cuando pensaba que Irene se voltearía a verlo, le daría una sonrisa y le plantaría un beso en la boca, ella se escabullía entre sus dedos y se iba dos escalones más arriba, más alta, más esbelta, más dulce y rebelde que nunca. Aquella Irene mulata del Caribe, de caderas tan anchas y siempre al garete, como lo eran las mujeres de su zona. Cualquier persona de Chuao se intimidaba ante Irene. La Irene de pies alados, de manos de cacao, de sonrisa de síncope, de sudor fanático. Irene, tan sumergida en el pueblo y tan galopante en la luna, inalcanzable para él y para muchos…

De puntillas en el taburete con la mano estirada hacia arriba, la joroba tirándolo hacia abajo y la lengua prensada entre la dentadura, se esforzaba Benito para acariciar con las yemas de los dedos apenas una esquina del envoltorio, una esquina… Con cuánto cariño evocaba la esquina de su adolescencia, la esquina en la cual pasaba sus tiempos de ocio. Doña Estrella, su madre, le advertía continuamente que se alejara de la esquina, que era peligroso, que podía descarriarse, que tuviera cuidado, que allí se vendía droga. Él, sin embargo, se quedaba allí viendo la vida pasar y acumulando los mejores recuerdos que le salvarían el día a día desde hace más de quince años, porque sentía que desde los setenta era más de lo mismo —comer mucho y dormir poco— y que la vejez pesaba más por el recuerdo que por la vejez misma.

Se arrimó un poco más hacia adelante para quedar en la punta del taburete y sintió el mismo calambre en el cuello que sintió cuando nació su único hijo, José Rafael. Con un poco más de esfuerzo y con la punta del índice, apretó el envoltorio del chocolate contra el estante y lo fue halando poco a poco hacia su cuerpo hasta que consiguió agarrarlo con firmeza, pero al ver entrar a José Rafael a la cocina, se asustó, resbaló y cayó de espaladas, golpeándose la cabeza contra el suelo. «¡Coño!», gimió José Rafael, y corrió rápidamente a buscar el teléfono.

Benito quedó bocarriba, volteó la cabeza en dirección hacia donde había caído el chocolate y trató de conseguirlo estirando la mano. La envoltura se abrió de repente y de ella salió Irene risueña. Benito se levantó de súbito, abrió los ojos atónito y se los frotó con los puños de las manos. Notó que no le dolieron los brazos al llevárselos más arriba de su nariz. Esbozó también la primera sonrisa medio incrédulo, medio turbado; Irene seguía sonriéndole y mirándolo a los ojos. Benito meneó la cabeza de arriba abajo como quien asiente la decisión tomada por otros, le causó gracia mostrar su nueva dentadura, se rio a carcajadas. Irene se rio con él.

A risotadas, sin poder decir una palabra, se miraban el uno al otro mientras las lágrimas corrían de sus ojos. Benito acariciaba con la mano derecha la cara a Irene y con la izquierda se apretaba el abdomen intentando parar de reír. Respiró profundo, se limpió los ojos y observó que la cocina se había convertido en la esquina, su esquina. Benito sonrió y dijo con la boca llena de chocolate: «Willst du…?»[9]. Irene no le dejó terminar la frase. «Sí», respondió, y le estampó un beso en la boca. José Rafael no pudo presenciar tan hermoso acto porque estaba ocupado llamando a la ambulancia.

---

[9] Expresión usada en la lengua alemana para pedir matrimonio. Su traducción literal es '¿Quieres?'. Sin embargo, por no encontrarse José Rafael en ese momento, no tenemos testigos que ratifiquen si Benito se refería a una propuesta nupcial o simplemente quería ofrecerle un trozo de chocolate a Irene. Yo supongo que quería casarse con ella. Los últimos años solo hablaba de esa Irene mulata del Caribe. Era la única que le daba calor en los duros inviernos de Alemania.

Carta de despedida

Querido Werther:

Espero que estés bien, que hayas encontrado a Lotte en tu cielo y que con ella compartas todos los días la delicia de su presencia. He tomado siempre para mí todos aquellos consejos que escribiste en tus cartas; la vida es un sueño y, como todo sueño, algún día debemos despertar.

El motivo principal por el cual te escribo es para contarte que estoy planeando mi muerte. Hasta ahora me ha acompañado un lector o una lectora ferviente, no lo sé, pero tendré que matarnos a ambos. En algún momento tendré que darle fin a estas historias que caminaron conmigo por estos largos años de vida; matarme a mí y matar al lector no es sino más que un renacer. Lo siento mucho, pero no hay otra forma de hacerlo, tú lo entenderás mejor que nadie.

Los cuentos de un libro y las canciones de un álbum son como la vida misma: algunos te hacen reír, otros te hacen llorar, otros te entristecen, te enojan, te aburren, los odias, y otros son información basura, pero todos en conjunto forman parte del brillo del sol en los ojos que miran estas líneas escritas para él o ella. Mi deseo no es sino mostrar otra parte preciosa del ciclo bíblico: la muerte. Bébanse conmigo el resto de la copa de vino envenenada que los franceses llaman *los amores* y muramos juntos hasta volver a abrir los ojos en las sustancias de la felicidad.

Atentamente,
un venezolano

La del estribo

La biografía de Máximo Mustermann

Máximo nació el 20 de enero de 1994 en la ciudad de Caracas, Venezuela. Su parto fue bastante complicado, los doctores lo daban por muerto cuando nació. Él mismo cuenta —al parecer lo recordaba— que simplemente no quería abandonar el mundo en el que se encontraba y que tenía la certeza de que algún día regresaría allí.

Sus padres se conocieron mientras estaban de vacaciones en la ciudad de Mérida; fue amor a primera vista. Su padre era herrero y su madre, cantante.

Cuando Máximo cumplió los diez años, tuvieron que emigrar de Venezuela. En el extranjero aprendió desde muy pequeño la vivencia de dos mundos: en su casa se seguían manteniendo las costumbres venezolanas y en la escuela tenía que integrarse en las costumbres de su nuevo país de residencia. Trabajó como lustrador de zapatos en las calles. Su papá nunca pudo olvidar Caracas; cuantos más años pasaba en el extranjero, más adornaba su ciudad natal con complementos que quizás nunca existieron en la capital caribeña, la apodaba sucursal del Cielo. Se suicidó cuando Máximo tenía quince años.

La partida del señor Nicolás fue una dura tragedia para la familia Mustermann. Sin recursos económicos y sin algún otro familiar en el extranjero que pudiera tenderles una mano, Máximo y su madre regresaron a Venezuela en el 2010. Máximo se despidió de su niñez de una vez por todas. Trabajó diariamente para ayudar a mantener la casa en pie, trabajaba de día y estudiaba de noche en un politécnico. Muchas veces contaba que sentía cómo su ser se desdoblaba, cómo llegaba a ser un Máximo de día, un Máximo de noche y un Máximo los fines de semana en la ajetreada vida mundana caraqueña.

En el año 2014, la inflación, la escasez, la corrupción y la criminalidad azotaban al pueblo venezolano y, como consecuencia de ello, surgieron protestas contra el entonces mandatario Nicolás Maduro. Máximo formó parte de alguna de ellas, acto que pagó caro, pues en medio de las protestas los policías lo apresaron. Duró dos años dentro de la cárcel, sin enjuiciamiento ni condena. Sus ideales se cayeron con él, su amor por la justicia se esfumó y su alegría, su patriotismo y su utopía se vinieron abajo. Entendió que muchas veces la violencia puede más que la inteligencia y que todas esas historias hermosas que su padre le contaba sobre su país natal habían quedado en el pasado. Ninguno de los colectivos universitarios abogó por él, nadie lo ayudó a salir de la cárcel, nadie lo visitó.

Durante su estadía en la cárcel, perdió a su tía y a su abuela, las únicas personas que lo cuidaban cuando era chico. Salió de la cárcel con veintidós años, y al día siguiente agarró sus maletas y se fue de nuevo al extranjero. No dijo nada, simplemente miró con mucha ternura a su madre antes de irse, le acarició el cabello, abrió la puerta y se fue.

Su vida en el extranjero ocurrió con mucha tranquilidad. Pudo terminar sus estudios y conoció a una hermosa persona, con la cual compartió un hijo, a quien bautizaron como Pep. Su madre murió mientras él estaba en el extranjero; no pudo asistir a su funeral. Máximo heredó su casa materna, pero una vez que su madre murió, nunca más regresó a Venezuela. De viejo siempre hablaba de su país, de sus playas, sus montañas, su clima templado y su olor a café por las mañanas, como si estuviera repitiendo el mismo gesto de su padre. Dejó también una carta escrita antes de morirse aludiendo que solo en Venezuela podría descansar en paz.

Hoy es el año 2079. Yo estoy aquí, en la tierra que vio nacer a Máximo, mi padre, esparciendo sus cenizas en Higuerote, sin conocer a nadie, sin entender el idioma, en una Venezuela muy distinta a la que él conoció. Ahora esta será mi casa. Gracias por no nacionalizarte nunca alemán para que yo pudiera gozar de este privilegio que ahora entiendo al tenerlo frente a mi cara. Espero que puedas disfrutar del amor del Caribe.

¡Muchas gracias!

Sobre el autor

Víctor Peña Idro-bo (Caracas, Venezuela, 1991). Filólogo hispano-alemán, graduado por la universidad de Regensburg, Alemania. Desde muy pequeño se ha sentido atraído por la literatura, especialmente por los autores latinoamericanos. Durante sus estudios en el extranjero ha aprovechado para escribir Cuentos de camino, su ópera prima. Actualmente,  tiene su propia página web, donde publica cuentos cortos, artículos de opinión y un podcast que abarca temas migratorios.

Página web: www.tamanacoliterario.com
Facebook: Tamanaco Literario
Instagram: tamanacoliterario